TITO, TITO

RIMAS, ADIVINANZAS Y JUEGOS INFANTILES

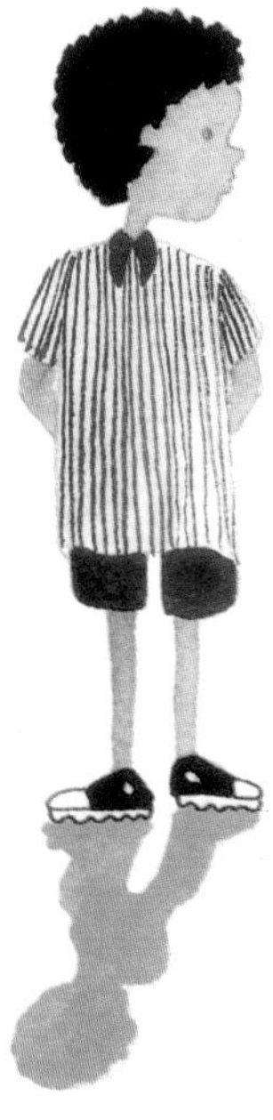

Colección dirigida por Raquel López Varela

QUINTA EDICIÓN

Carretera León-La Coruña, km 5 - LEÓN
ISBN: 84-241-3336-6
Depósito legal: LE.1318-2001
Printed in Spain - Impreso en España

EDITORIAL EVERGRÁFICAS, S. L.
Carretera León-La Coruña, km 5
LEÓN (España)

TITO, TITO

RIMAS, ADIVINANZAS Y JUEGOS INFANTILES

ISABEL SCHON
ILUSTRACIONES: VIOLETA MONREAL

EDITORIAL EVEREST, S.A.

Prólogo

Los recuerdos más bellos de mi infancia en la ciudad de México son vivencias que compartí con mis padres, hermanos, abuelitos, primos, tíos y amigos cuando jugábamos, cantábamos, adivinábamos y repetíamos incesantemente las rimas, canciones, adivinanzas y juegos tradicionales del mundo hispanohablante.

Los momentos felices que estos textos infantiles reviven en mi memoria, como en la de cada adulto, evocan deseos de que todos los niños amen, gocen y se entretengan con la magia de la tradición oral de los pueblos de habla hispana. Mi hija Verita también los gozó y espero que sus hijos, así como generaciones venideras de niños, pasen horas maravillosas disfrutando de lo más valioso y placentero de nuestra cultura.

Para mi esposo Richard,
mis padres, Anita y Oswaldo,
mis hermanos, Carlos, Raquel, Gloria, Linda,
Enrique, Benito, Patricia,
mi hija, Vera.

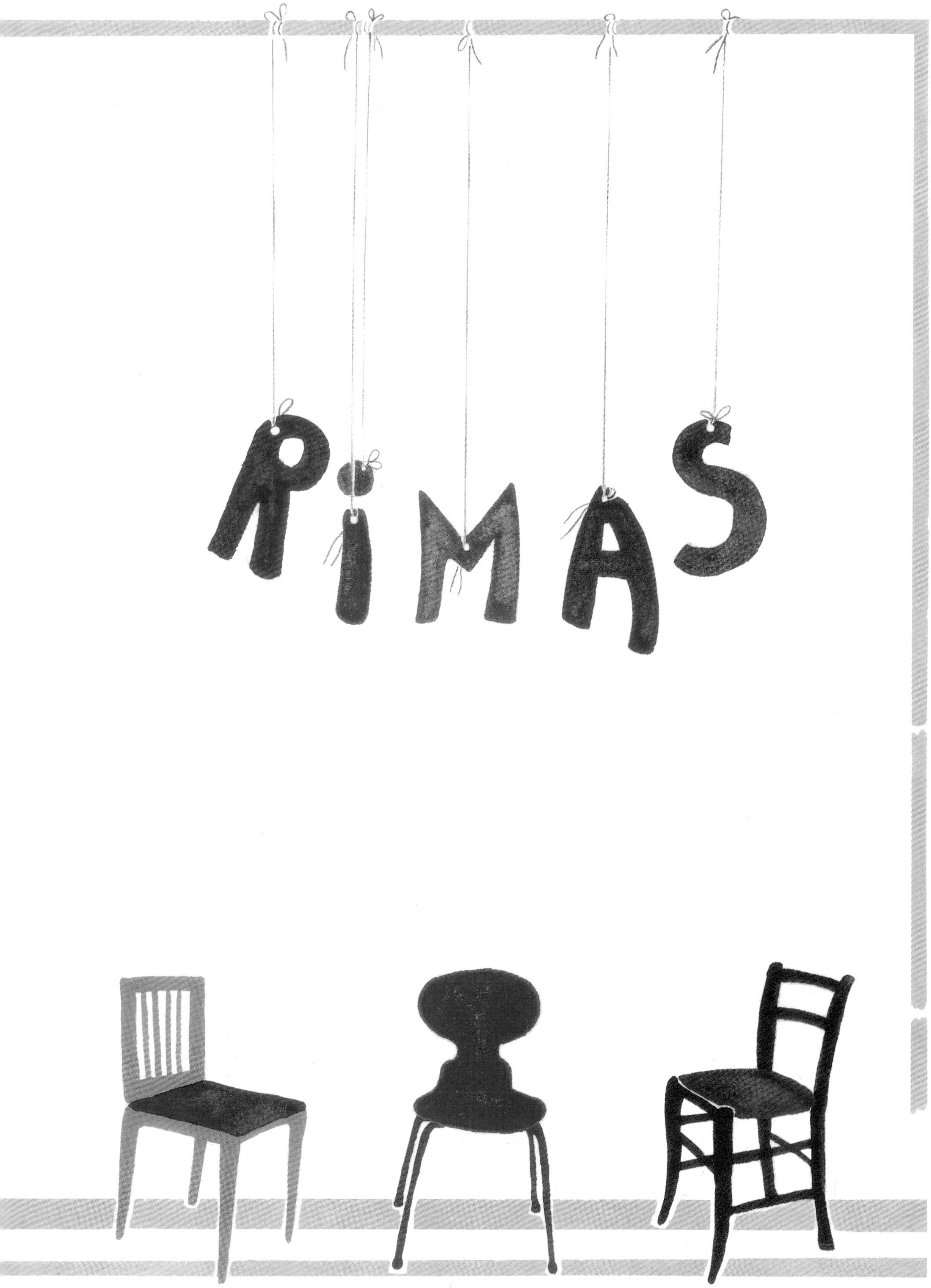
RIMAS

CAMPANITAS DE ORO

Campanitas de oro,
torres de marfil,
canten a este niño
que se va a dormir.

ESTE NIÑO LINDO

Este niño lindo
se quiere dormir,
cierra los ojitos
y los vuelve a abrir.

A, EL BURRO SE VA

A, el burro se va;
E, el burro se fue;
I, el burro está aquí;
O, el burro se ahogó;
U, el burro eres tú.

ARRORRÓ, MI NIÑO

Arrorró, mi niño,
la luna llegó,
porque a su casita
se ha marchado el sol.

LERO, LERO, CANDELERO

Lero, lero, candelero,
aquí te espero,
comiendo huevo,
con la cuchara
del cocinero.

Tortillitas de manteca
para mamá que está contenta;
tortillitas de salvado
para papá que está enojado.

EN LA CALLE DEL OCHO

En la calle del ocho
me encontré a Pinocho,
y me dijo que contara
del uno al ocho:
1, 2, 3, 4, 5, 6, 7, 8.

ADIVINANZAS

Blanca por dentro,
verde por fuera;
si quieres saber mi nombre,
espera.

Oro parece,
plata no es,
el que no lo acierte
bien bobo es.

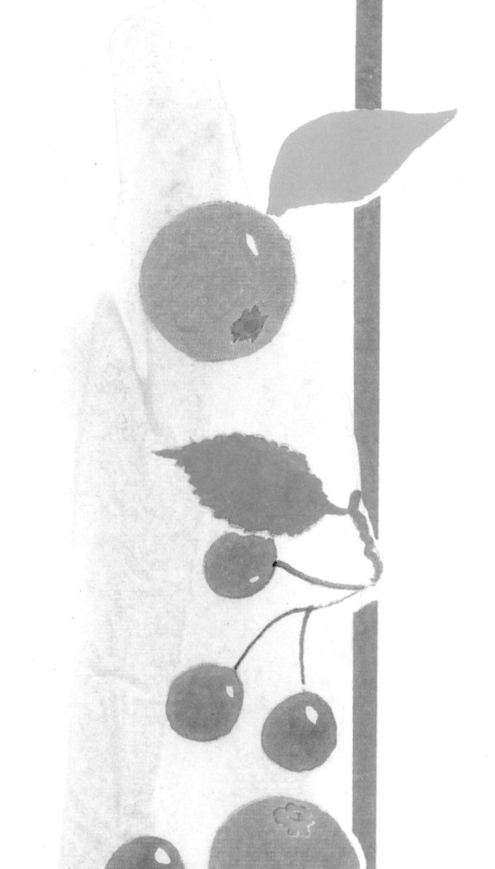

Choco me llamo de nombre,
late de mi corazón,
el que no sepa mi nombre
es un gran borricón.

Habla y no tiene boca,
oye y no tiene oído,
es chiquito y mete ruido,
muchas veces se equivoca.

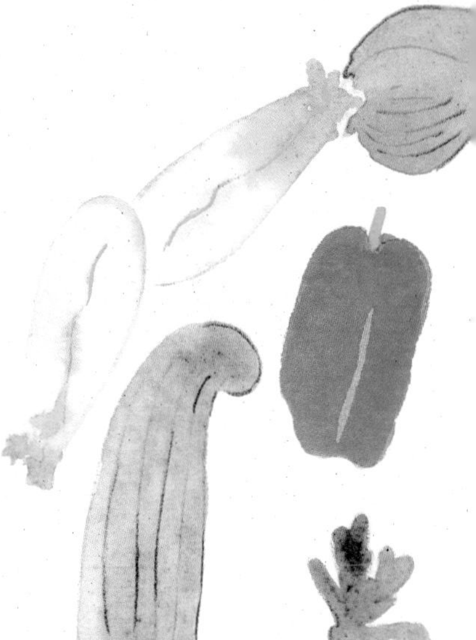

Capa sobre capa
y sobre capa un capote,
redonda y no te he dicho el nombre.

Blanca soy,
blanca nací;
pobres y ricos
comen de mí.

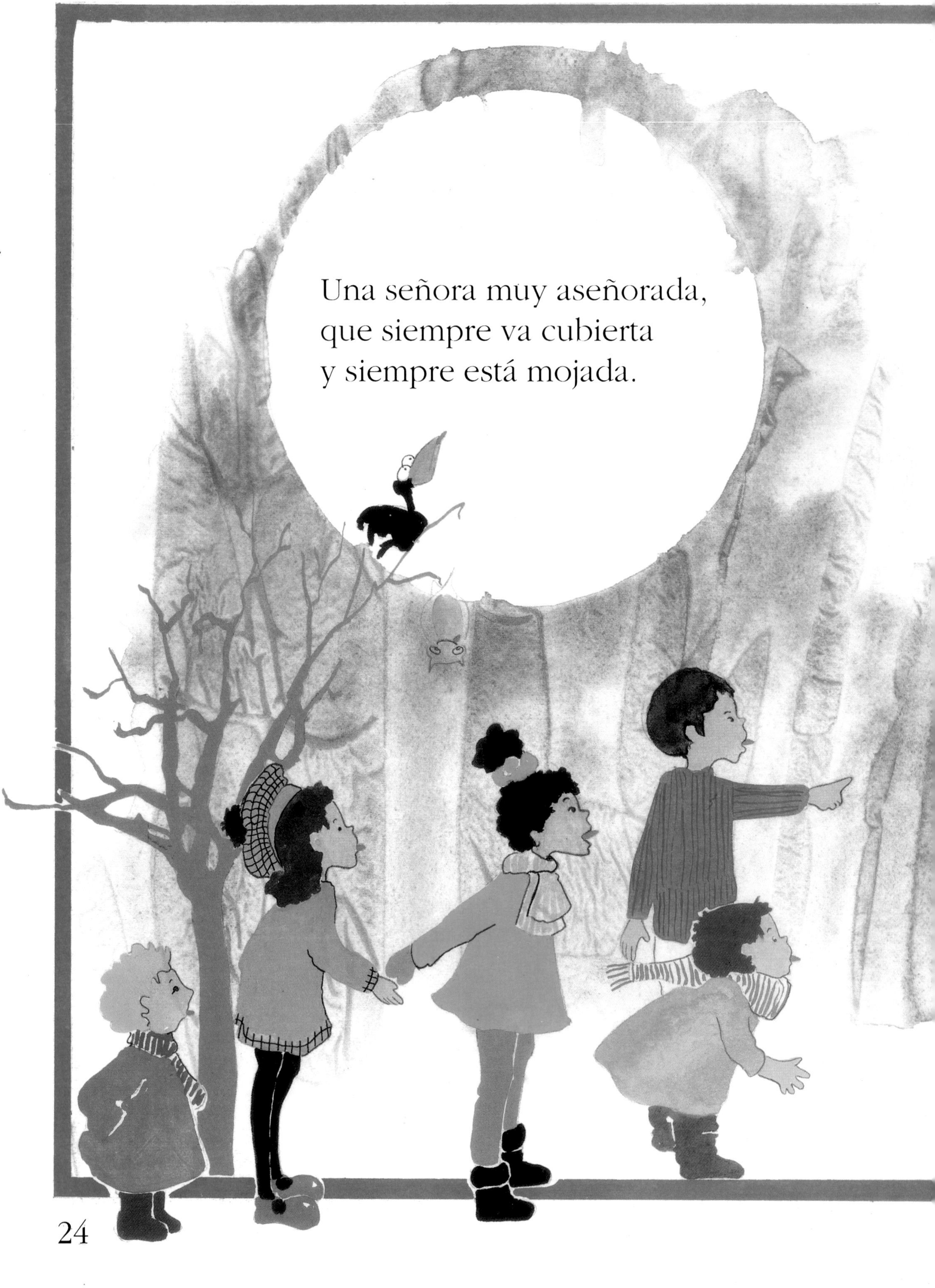

Una señora muy aseñorada,
que siempre va cubierta
y siempre está mojada.

Tito, tito capotito,
sube al cielo
y pega un grito.

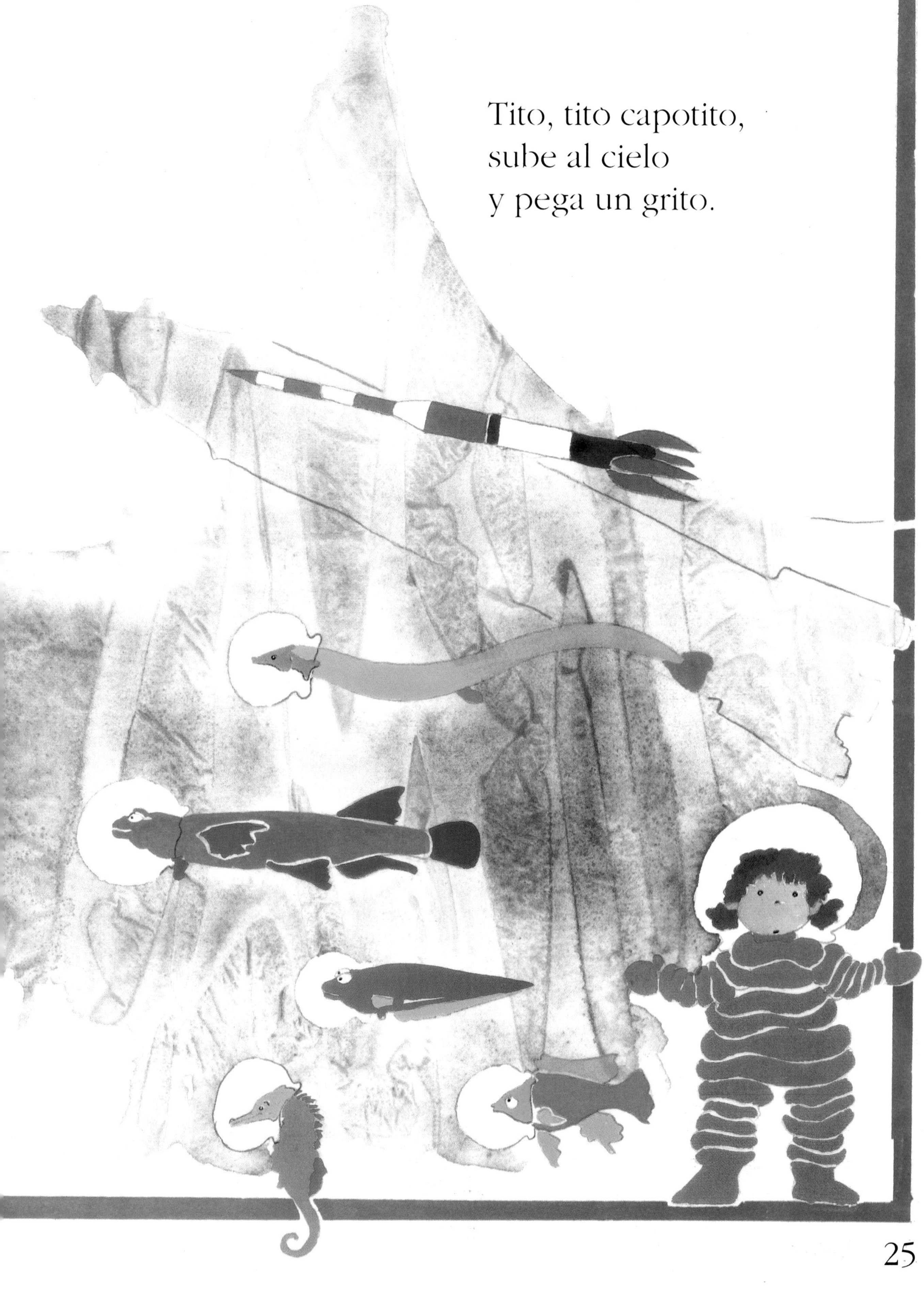

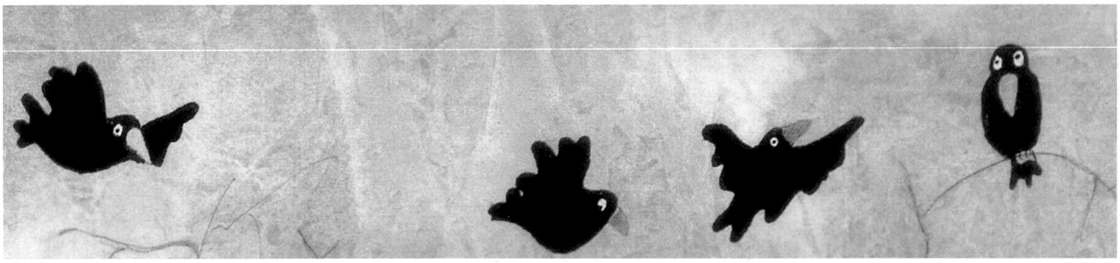

Llevo mi casa al hombro,
camino sin una pata,
y voy marcando mi huella
con hilito de plata.

JUEGOS

LOS POLLITOS DICEN

Los pollitos dicen:
"Pío, pío, pío",
cuando tienen hambre,
cuando tienen frío.

La gallina busca
el maíz y el trigo,
les da la comida
y les presta abrigo.

Bajo sus dos alas,
acurrucaditos,
hasta el otro día
duermen los pollitos.

DEBAJO DE UN BOTÓN

Debajo de un botón, ton, ton,
que encontró Martín, tin, tin,
había un ratón, ton, ton.
Ay qué chiquitín, tin, tin,
era aquel ratón, ton, ton,
que encontró Martín, tin, tin,
debajo de un botón, ton, ton.

LAS OVEJAS

—Tengo, tengo, tengo.
—Tú no tienes nada.
—Tengo tres ovejas
en una cabaña.
Una me da leche,
otra me da lana,
otra mantequilla
para la semana.

LA RANITA

Cu-cú, cantaba la rana;
cu-cú, debajo del agua;
cu-cú, pasó un caballero;
cu-cú, de capa y sombrero;
cu-cú, pasó una señora;
cu-cú, con falda de cola;
cu-cú, pasó una criada;
cu-cú, llevando ensalada;
cu-cú, pasó un marinero;
cu-cú, vendiendo romero;
cu-cú, le pidió un ramito;
cu-cú, no lo quiso dar;
cu-cú, se echó a llorar.

EL COCHERITO LERÉ

El cocherito, leré,
me dijo anoche, leré
que si quería, leré,
montar en coche, leré.
Y yo le dije, leré,
con gran salero, leré;
—No quiero coche, leré,
que me mareo, leré.

ARROZ CON LECHE

Arroz con leche,
me quiero casar,
con una señorita
de este lugar.
Que sepa escribir,
que sepa bordar,
que sepa abrir la puerta
para ir a jugar.
Con ésta sí,
con ésta no,
con esta señorita
me caso yo.

EL PATIO DE MI CASA

El patio de mi casa
es muy particular:
cuando llueve se moja,
como los demás.
Agáchate y vuélvete a agachar,
que las agachaditas no saben bailar.
Hache, i, jota, ka, ele, elle, eme, a,
que si tú no me quieres,
otra niña me querrá.

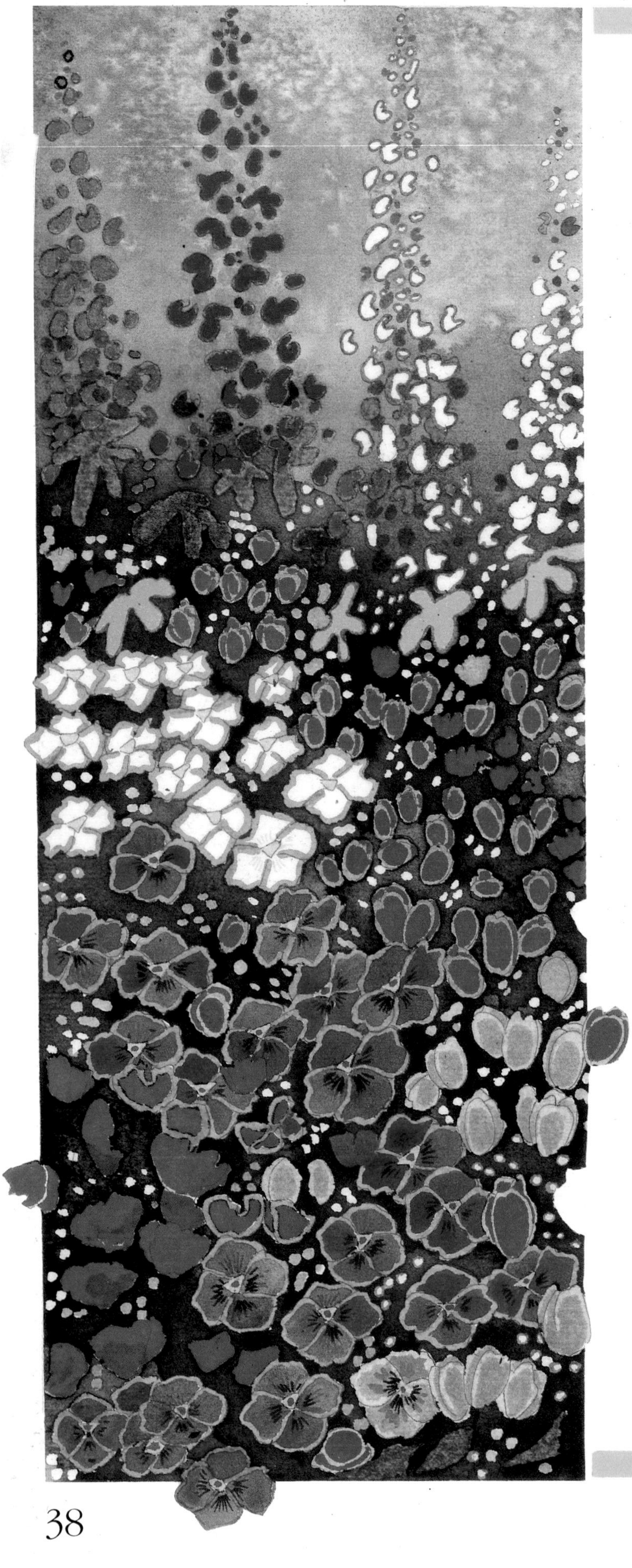

YO SOY LA VIUDITA

Yo soy la viudita
del conde Laurel,
y quiero casarme
y no encuentro con quién.

—Pues siendo tan bella
no hallaste con quién,
elige a tu gusto,
que aquí tienes cien.

—Elijo a esta niña
por ser la más bella,
la blanca azucena
de todo el jardín.

—Y ahora que hallaste
la prenda querida,
feliz a su lado
pasarás la vida.

—Contigo sí,
contigo no,
contigo, viudita,
me casaré yo.

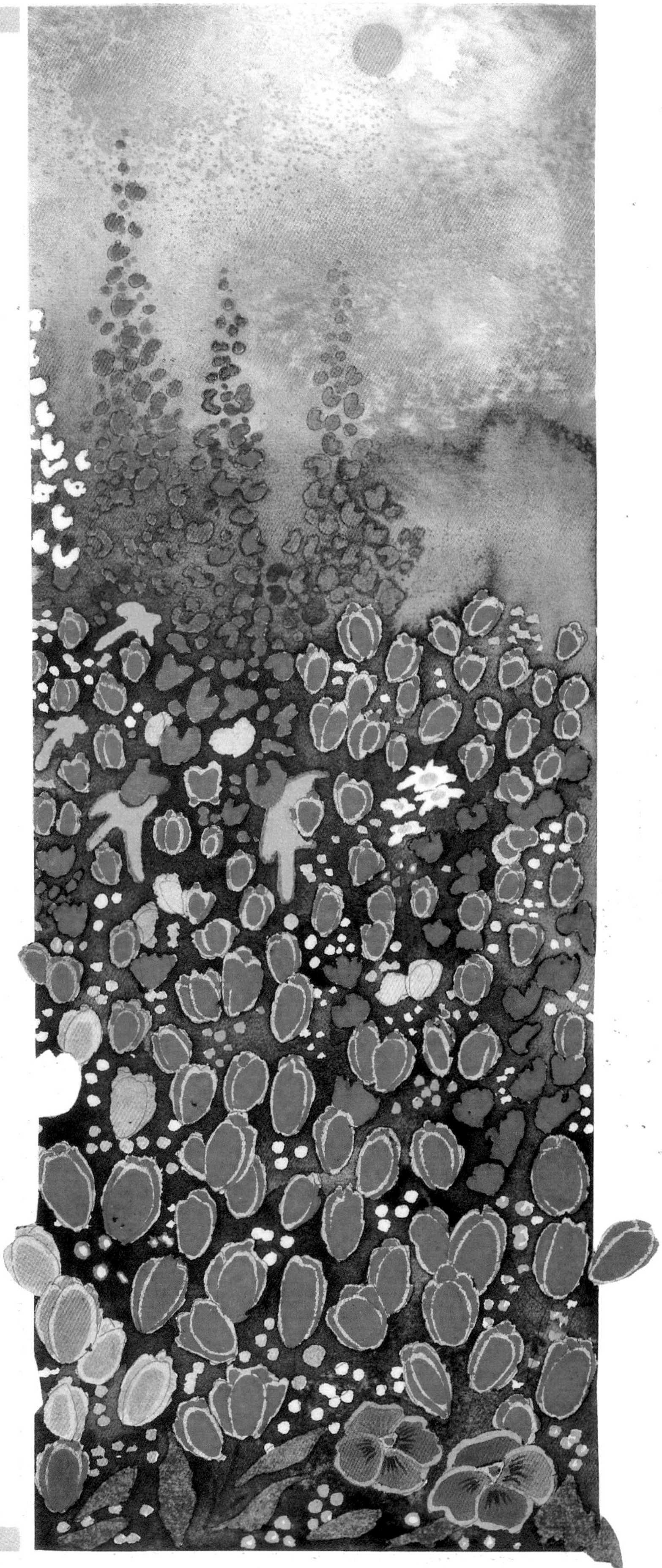

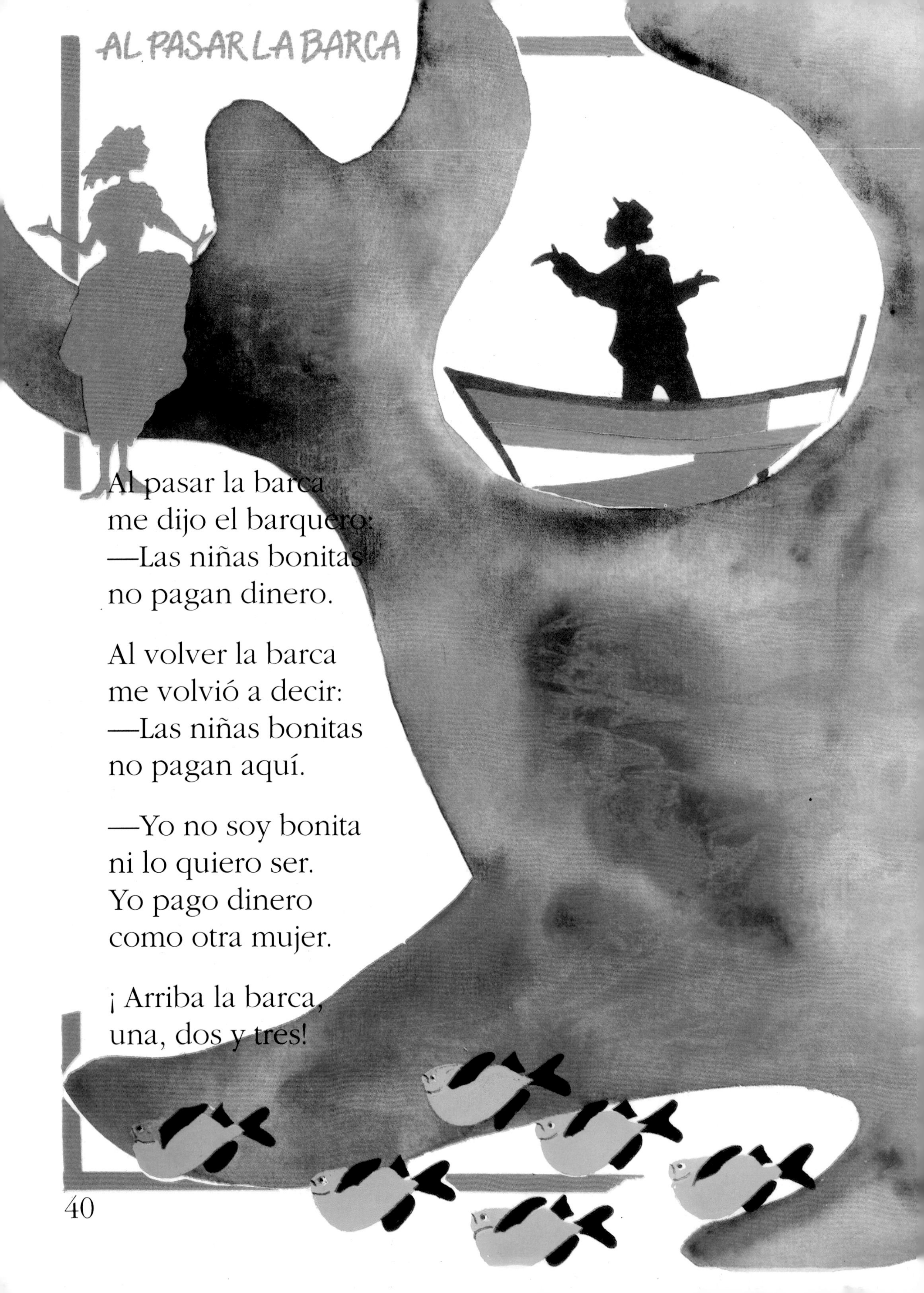

AL PASAR LA BARCA

Al pasar la barca
me dijo el barquero:
—Las niñas bonitas
no pagan dinero.

Al volver la barca
me volvió a decir:
—Las niñas bonitas
no pagan aquí.

—Yo no soy bonita
ni lo quiero ser.
Yo pago dinero
como otra mujer.

¡ Arriba la barca,
una, dos y tres!

SOY LA REINA DE LOS MARES

Soy la reina de los mares
y ustedes lo van a ver,
tiro mi pañuelo al suelo
y lo vuelvo a recoger.

Pañuelito, pañuelito,
quién te pudiera tener
guardadito en el bolsillo
como un pliego de papel.

EL BURRO ENFERMO

A mi burro, a mi burro
le duele la cabeza,
el médico le ha puesto
una corbata negra.

A mi burro, a mi burro
le duele la garganta,
el médico le ha puesto
una corbata blanca.

A mi burro, a mi burro
le duelen las orejas,
el médico le ha puesto
una gorrita negra.

A mi burro, a mi burro
le duelen las pezuñas,
el médico le ha puesto
emplasto de lechugas.

A mi burro, a mi burro
le duele el corazón,
el médico le ha dado
jarabe de limón.

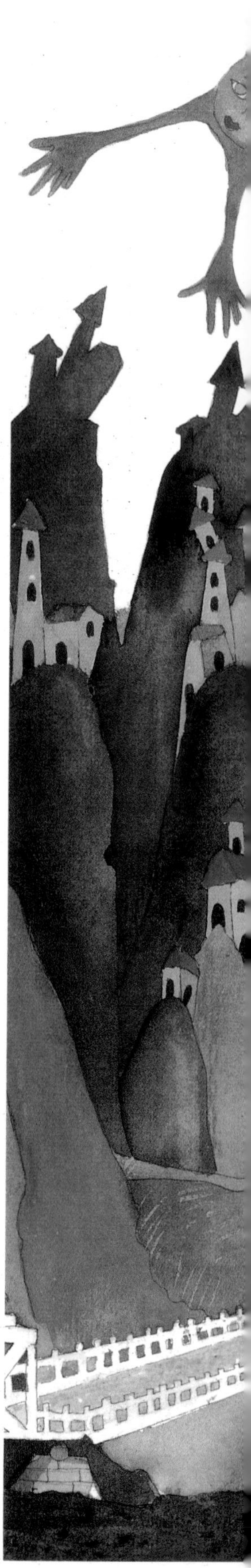

A mi burro, a mi burro
ya no le duele nada,
el médico le ha dado
jarabe de manzana.

DON GATO

Estando el señor Don Gato
sentadito en su tejado,
marramamiau, miau, miau,
sentadito en su tejado.

Ha recibido una carta,
que si quiere ser casado,
marramamiau, miau, miau,
que si quiere ser casado.

Con una gatita blanca,
hija de un gato pardo,
marramamiau, miau, miau,
hija de un gato pardo.

Don Gato por ir a verla
se ha caído del tejado,
marramamiau, miau, miau,
se ha caído del tejado.

Se ha roto siete costillas,
el espinazo y el rabo,
marramamiau, miau, miau,
el espinazo y el rabo.

Vengan, vengan pronto
médicos y cirujanos,
marramamiau, miau, miau,
médicos y cirujanos.

Mátenle gallinas negras
y denle tazas de caldo,
marramamiau, miau, miau,
y denle tazas de caldo.

Y que haga testamento
de todo lo que ha robado,
marramamiau, miau, miau,
de todo lo que ha robado.

Ya lo llevan a enterrar
por la calle del Pescado,
marramamiau, miau, miau,
por la calle del Pescado.

Al olor de las sardinas
el gato ha resucitado,
marramamiau, miau, miau,
el gato ha resucitado.

Por eso dice la gente:
siete vidas tiene un gato,
marramamiau, miau, miau,
siete vidas tiene un gato.

Y aquí se acaba la copla
de Don Gato enamorado,
marramamiau, miau, miau,
de Don Gato enamorado.

ADIVINANZAS

Soluciones

AUTORA

La Dra. Isabel Schon nació en la ciudad de México. En 1992 se trasladó a Estados Unidos, donde obtuvo el Doctorado en Pedagogía en la Universidad de Colorado.

Ha recibido varios premios nacionales e internacionales, entre otros, La Presea Estados Unidos 1992 como Ejemplo en la Educación, que otorga la Fundación Estados Unidos–México; La Presea 1992 Denali de la Prensa de la División de Servicios de Consulta para Adultos de la Asociación Norteamericana de Bibliotecas; el Premio 1987 del Libro Nacional Femenino como reconocimiento a "una de las setenta mujeres que han cambiado el mundo de los libros"; el Premio 1986 Fundación Grolier de la Asociación Norteamericana de Bibliotecas, por "sus aportaciones singulares e invaluables al estímulo y guía en las lecturas de los niños y jóvenes"; y el Premio al Honor 1979 Herbert W. Putnam, que concede la Asociación Norteamericana de Bibliotecas.

La Dra. Schon ha escrito diversos libros y más de 300 investigaciones y ensayos literarios en el campo de la educación y de la literatura bilingüe y multicultural para niños y adolescentes de origen hispano.

Ha sido consultora en el campo de materiales educativos de carácter bilingüe y bicultural en los ministerios de educación de México, Colombia, Guatemala, Argentina, Venezuela, Chile, España, Italia, Ecuador y Estados Unidos.

En la actualidad es Directora del Centro para el estudio de libros infantiles y juveniles de la Universidad del Estado de California en San Marcos, así como miembro fundador de la facultad de dicha Universidad.

ILUSTRADORA

Monreal es un pueblo pequeño, a la sombra del Monte Real. La leyenda del castillo sitúa el origen de las violetas en la cima del Monte Real. Violeta Monreal es, sin embargo, una persona. Soy yo.

Mi trabajo es dibujar, inventar historias que acompañen a los dibujos que hago. Hago los dibujos de los cuentos, pósters, barajas y pinto cuadros.

Tengo muchos trabajos publicados en forma de libros, aunque mis preferidos suelen ser los que no consigo publicar.

Siempre he pensado que los dibujos están vivos; por lo tanto, no me preocupo mucho si intento hacer una cosa y me sale otra diferente. Hay que tener paciencia con ellos, pues casi siempre tienen la razón.

Trabajo todos los días con un único afán: realizar ese proyecto que me deje tan satisfecha que no pueda dejar de mirarlo y tarde en pensar en algo nuevo.

Quizá por ser del Norte adoro los cielos encapotados, los días lluviosos y las nieblas.

Mi comida preferida es el desayuno, comería desayunando y cenaría volviendo a desayunar. Como de todo, pero siento predilección por los calamares fritos, el dulce de membrillo, las empanadillas de atún congeladas y los bollos de panadería. Y si hay que escoger de qué se quiere pillar una indigestión sería de higos.